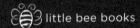 little bee books

New York, NY
Copyright © 2018, 2022 by Little Bee Books
All rights reserved, including the right of reproduction
in whole or in part in any form.
For information about special discounts on bulk purchases,
please contact Little Bee Books at sales@littlebeebooks.com.
Printed in China RRD 0921
ISBN 978-1-4998-1259-6 (paperback)
First Edition 10 9 8 7 6 5 4 3 2 1
ISBN 978-1-4998-1265-7 (ebook)

littlebeebooks.com

MI VECINO

ALIENÍGENA

EL
CHICO
NUEVO

por A. I. Newton
ilustrado por Anjan Sarkar
traducido por Nuria Mendoza

little bee books

ÍNDICE

1 LA NUEVA ESCUELA

EL CHICO NUEVO SE SENTÓ
solo en la parte trasera del bus. Iba
camino de su primer día en la nueva
escuela.

Una vez más.

Observaba cómo se divertían los otros chicos. Reían y gritaban. Nadie parecía estar sentado en su asiento.

Excepto él. El chico nuevo.

Una vez más.

Esto de ir todos juntos a la escuela en el bus es una tontería, pensó. Donde vivía antes, podíamos ir a la escuela por nuestra cuenta. Y era mucho más rápido que este torpe cacharro de metal amarillo. Y en vez de andar enredando todo el camino, como estos chicos, teníamos tiempo para pensar y prepararnos para aprender. Pero esto...

El chico nuevo sacudió la cabeza. Nadie en el bus parecía darse cuenta de que estaba allí.

Allá vamos otra vez, pensó. ¿Le caeré bien a alguien? ¿Haré amigos? ¿Por qué tienen que mudarse tanto mis padres?

El chico nuevo suspiró. Sabía por qué se estaban siempre mudando: sus padres eran investigadores científicos. El trabajo les llevaba de un lugar a otro. Y cada vez que se mudaban, él tenía que empezar de cero en una escuela nueva. Tenía que hacer nuevos amigos. Tenía que aprender cómo eran las cosas en otro lugar.

"¡Hola Charlie!", le gritó un chico a su amigo. "¿Terminaste la tarea de la semana pasada?"

"La terminé esta mañana", respondió otro chico, gritando. "¡Justo a tiempo!"

El bus estalló en carcajadas.

El chico nuevo no entendía.

¿Cuál era la gracia de esperar hasta el último minuto para hacer la tarea? No le gustaba sentirse siempre diferente. Estaba cansado de ser otra vez el chico nuevo y raro.

Y extrañaba su hogar.

En Tragas tengo amigos. Sé cómo funcionan las cosas allá. Todo esto es tan... diferente, tan extraño.

El bus aminoró la marcha hasta detenerse y las puertas se abrieron. Los niños bajaron las escaleras y corrieron hacia la escuela.

El chico nuevo se levantó de su asiento. Caminó despacio hacia la parte delantera del bus para salir.

"Buena suerte hoy", dijo la conductora del bus. Y le sonrió con calidez. Eso hizo que se sintiera un poco mejor.

Allá vamos otra vez, pensó. Luego respiró hondo y caminó hasta la escuela con la esperanza de que todo fuera bien.

2
EL CHICO NUEVO

HARRIS WALKER RECORRIÓ con la mirada su clase de segundo grado. Se inclinó hacia su mejor amiga, Roxy Martínez.

"He oído que viene un chico nuevo a clase", dijo Harris. "Ayer se mudó a una casa junto a la mía".

"¿De verdad?" preguntó Roxy. "¿De dónde es?"

"De un lugar llamado Tragas", replicó Harris. "Traté de buscarlo en internet. ¡Y ni quiera está en el mapa!"

La profesora, la señora Graham, entró en la clase.

"¡Buenos días a todos!", dijo. "Hoy tenemos un nuevo estudiante".

Harris le susurró a Roxy al oído, "¿Lo ves? ¡Te lo dije!"

"Harris, ¿algún problema?" preguntó la señora Graham.

"No, señora Graham", dijo Harris tímidamente.

"Pues entonces presten atención, por favor. El chico nuevo se llama Zeke. Quiero que toda la clase le dé la bienvenida".

Un silbido llegó desde fuera de la puerta del aula.

La señora Graham se dirigió allí y abrió la puerta. Un chico bajito, con el pelo oscuro, estaba en el pasillo. Harris observó que llevaba unas gafas gruesas, de montura negra.

"Tú debes ser Zeke", dijo la señora Graham.

"El mismo", replicó el chico.

"Pues pasa, por favor", dijo la señora Graham. "¿Por qué silbaste en la puerta? ¿Por qué no golpeaste con los nudillos?"

Zeke parecía confundido. "Así es como pedimos permiso para entrar en clase, allá de donde vengo", explicó. Y luego se sentó en un pupitre que estaba vacío.

"Raro, ¿eh?" le susurró Harris a Roxy.

"Yo creo que es interesante", contestó ella en otro susurro.

La señora Graham empezó escribir en la pizarra.

"Por favor, escriban esta tarea en su cuaderno o tableta", dijo.

Cuando vio a Zeke, la señora Graham puso cara de desconcierto.

"¿Estás bien, Zeke?" le preguntó.

El chico nuevo cerraba los ojos bien fuerte. Con la punta de los dedos se presionaba ambos lados de la cabeza.

Zeke abrió los ojos.

"Sí, señora Graham. Estoy bien", dijo. "Solo estaba haciendo los deberes".

Zeke levantó su tableta. La tarea estaba allí, escrita al completo.

"¿Cómo lo ha hecho?" le susurró Harris a Roxy.

"Puede que tenga un teclado sin cable bajo el pupitre", replicó Roxy.

"Pero sus manos estaban—"

"Harris, ¿tienes alguna pregunta?" preguntó la señora Graham.

"No, señora Graham", dijo Harris, mirando hacia abajo.

A la hora del almuerzo Harris y Roxy se sentaron juntos, como siempre. Zeke se sentó solo.

"Me siento mal por Zeke", dijo Roxy. "No conoce a nadie. Voy a pedirle que se siente con nosotros".

"¿Por qué?" preguntó Harris. "¡Ni siquiera lo conocemos!"

"Pero es tu vecino, y esta es nuestra oportunidad para conocerlo", replicó Roxy. Así que lo llamó, "Zeke, ¿por qué no vienes a almorzar con nosotros?"

Zeke agarró una esfera metálica con luces parpadeantes que tenía delante, en la mesa, y se sentó con Harris y Roxy.

"¿Qué es eso?" le preguntó Harris.

"Mi recipiente para el almuerzo", explicó Zeke.

"Pues tiene un aspecto muy extraño", murmuró Harris.

"Entonces, ¿te gusta la escuela de Jefferson por ahora?" preguntó Roxy.

"Es... diferente", dijo Zeke.

Zeke abrió su lonchera, metálica y parpadeante, y sacó una bola verde de gran tamaño. Unas hebras de color rosa colgaban de la bola. Se metió todo en la boca. Las mejillas se le hincharon. Parecía que estaba comiendo dos pelotas de sóftbol al mismo tiempo.

Sin mover la boca para nada, las mejillas se fueron haciendo poco a poco más pequeñas.

"¿Qué estás comiendo?" preguntó Harris.

"Se llama melop", explicó Zeke. "Es una fruta que crece en Tragas, donde nací".

"Pero ni siquiera la has masticado", dijo Harris.

"Está blandita", explicó Zeke.

Unos minutos más tarde sonó el timbre. La hora del almuerzo había terminado. Harris recogió la bandeja y se dirigió a clase.

¡Este chico nuevo es raro, definitivamente! pensó.

3
ZEKE EN CASA

CUANDO ACABÓ LA ESCUELA, Zeke volvió caminando hasta su nueva casa y abrió la puerta delantera. Acababa de terminar su primer día en la nueva escuela. Estaba feliz de estar en casa.

"¿Cómo fue tu primer día, Zekelabraxis?" preguntó una voz desde el otro lado de la sala.

Zeke echó una ojeada y vio a una criatura con la piel verde. Tenía cinco ojos y seis tentáculos extendiéndose desde los hombros.

"¡Pax! Pensé que íbamos a usar nombres y cuerpos terrestres...", se quejó Zeke.

"Estás en lo cierto, Zeke", dijo Pax.

El ser verde empezó a brillar. Cuando el resplandor se detuvo, un hombre con apariencia humana estaba en su lugar. Era de baja estatura, con cabello negro. Llevaba las mismas gafas gruesas de montura negra que Zeke.

La mamá de Zeke se unió a ellos.

"¿Brezkat plitnob, Zekelabraxis?" dijo. Flotaba en la habitación, a medio metro del suelo. Su piel también era verde y tenía siete ojos y cuatro tentáculos.

"¡Quar!" le dijo Zeke a su mamá. "Mientras estemos aquí, solo español, ¿recuerdas?"

La mamá de Zeke asintió. Emitió un resplandor y adoptó forma humana. Era alta y delgada, con el cabello a la altura del hombro.

"Toma, Quar. Te olvidaste las gafas de traducción", dijo el papá de Zeke. Le pasó a su esposa unas gafas gruesas de montura negra. Ella se las puso.

Zeke reflexionó sobre las gafas de traducción. Y cómo, al traducir con fluidez el idioma de Tragas a la lengua del planeta en que estuvieran, permitían a sus padres realizar sus investigaciones y le permitían a él ir a la escuela.

"Entonces, ¿cómo fue tu primer día, Zeke?" Quar repitió la pregunta. Esta vez, fue traducida al español.

"Tienen unas costumbres muy raras en este planeta", dijo Zeke. "No es como en Tragas. No absorben la comida por las mejillas. La mastican con algo llamado 'dientes'. Y no pueden proyectar la mente para escribir".

"Hablando de escribir", dijo la mamá de Zeke, "¿tienes alguna misión de la escuela?"

"En la Tierra lo llaman 'tarea'" explicó Zeke. "Y sí que tengo".

Zeke leyó los deberes en su tableta. Luego presionó un botón en la mesa que tenía cerca. Una pantalla enorme apareció por encima de su cabeza.

Zeke se apretó ambos lados de la cabeza con la punta de los dedos. Cerró los ojos con fuerza y pensó las respuestas a las preguntas de su tarea. Los números aparecieron en la pantalla gigante.

Para Zeke, solo estaba haciendo su tarea, de la misma manera que lo hacía en su planeta de origen, Tragas.

4
¡ALIENÍGENAS!

ESE MISMO DÍA, DESPUÉS de la escuela, Harris se sentó en el escritorio de su cuarto. Estaba intentando hacer la tarea. Pero solo podía pensar en el chico nuevo de clase, tan extraño. Decidió llamar a Roxy.

"¿Qué te pareció Zeke, el chico nuevo?" le preguntó Harris a Roxy, cuando ella atendió el teléfono.

"Me pareció simpático", replicó ella.

"Me pareció raro", dijo Harris.

"Solo porque alguien sea diferente no significa que sea raro", señaló Roxy.

Harris reflexionó sobre eso un momento. No sabía qué pensar sobre Zeke.

"Lo sé, pero aún así, pienso que hay algo raro en él. Bueno, tengo que acabar mi tarea", dijo Harris. "Te veo mañana".

Cuando terminó la tarea, agarró el último número de su cómic favorito, *¡Cuentos de mundos extraterrestres!* Se echó en la cama y lo abrió. En el cómic, unas naves espaciales extraterrestres surcaban el aire. Pasaban por delante de unas torres altas de color naranja que resplandecían.

¡Este mundo extraterrestre es genial! pensó Harris.

Pasó la Page. Había una imagen de un alienígena con los ojos cerrados. El alienígena se presionaba la cabeza con la punta de los dedos. Las palabras aparecían en una pantalla gigante, delante del alienígena.

¡Así es cómo Zeke escribió en la tableta! Es demasiado raro.

Harris acabó el cómic. Miró por la ventana hacia la casa de Zeke. *¿Por qué está siempre tan oscuro por allí?*

Se preparó para irse a la cama, pero no podía dejar de pensar en Zeke.

Al día siguiente, en la escuela, Harris se encontró con Roxy en el recreo. Ella tenía una pelota de fútbol a sus pies. Harris y Roxy estaban en el equipo de fútbol de la escuela elemental de Jefferson.

"Vamos a entrenar", dijo ella.

Roxy le dio una patada y la pelota cruzó el patio. Harris fue a por ella y la pateó de vuelta.

La siguiente patada de Roxy la hizo volar por encima de Harris. En vez de prestar atención a la pelota, estaba embobado mirando los columpios.

"¿Lo ves?" preguntó Harris, señalando algo.

Roxy miró y vio a Zeke haciendo equilibrios sobre el columpio con un solo dedo. Estaba boca abajo, con el cuerpo recto como una flecha. Roxy y Harris corrieron hacia él.

"¿Qué demonios estás haciendo?" preguntó Harris.

Zeke los miró.

No puedo decirles la verdad, pensó Zeke. *Que este ejercicio me ayuda a proyectar la mente de forma más clara.*

"Estoy pensando en hacer una prueba para entrar en el equipo de gimnasia," dijo Zeke. "En Tragas se me daba muy bien la gimnasia".

Harris tenía sus dudas. Pero antes de que pudiera decir nada más, sonó el timbre. El recreo había terminado. Harris y Roxy entraron en la escuela a toda prisa.

Esa noche, después de cenar, Harry se sentó con su papá frente a al televisor. Era la hora de la película de monstruos de cada semana. Harris y su papá nunca se la perdían.

"Esta va a estar buena", dijo el papá de Harris. "Se titula *Los monstruos alienígenas del planeta Z*".

Empezó la película. Una enorme nave extraterrestre aterrizó en mitad de un parque. La gente corría aterrorizada.

La puerta de la nave espacial se abrió. Salió un alienígena. Solo que el alienígena no caminaba con los pies, sino boca abajo, sobre la punta de los dedos.

¡Igualito que Zeke! pensó Harris. *¡Eso es! Eso explica todo. Mi nuevo vecino definitivamente es un alienígena.*

5 EL LABORATORIO

AL DÍA SIGUIENTE, ZEKE estaba aburrido en la escuela.

Pues no me llevó mucho tiempo, pensó. Siempre me preocupo cuando empiezo una escuela nueva, pero todo lo que hacen en este lugar es tan simple. Ya que no puedo estar en Tragas, ojalá pudiera estar en Charbock.

Charbock era el último planeta donde la familia de Zeke había estado investigando.

Al menos allí, los niños podían hacer maravillas como teletransportarse de un lugar a otro y controlar el clima con la mente. Era un planeta muy interesante. No como la Tierra, pensó Zeke, mientras entraba en el laboratorio.

"Bien, chicos, el experimento de hoy tiene que ver con los colores", dijo el señor Mills, el profe de ciencias. "Vamos a combinar ciertos colores para crear otros nuevos. Ahí delante tienes soluciones rojas, verdes, amarillas y azules. Quiero que experimentéis y veáis cómo al combinar los colores se crean otros nuevos".

Zeke combinó amarillo y azul para crear verde. Combinó azul con rojo para obtener púrpura. Luego mezcló rojo con amarillo para conseguir naranja. Fue el primero de la clase en acabar.

Zeke echó una mirada a Harris y Roxy. Todavía estaban combinando los colores, pero además Harris lo miraba fijamente.

¿Por qué me mira Harris siempre tan fijamente? se preguntó Zeke. *¿Puede ser que sospeche que no soy de este planeta?*

Mientras los otros chicos trabajaban con los colores básicos, Zeke tuvo una idea.

Esto va a ser divertido, pensó.

Mezcló todas las soluciones en un vaso del laboratorio. Luego agarró el vaso con las dos manos. Mandó vibraciones al cristal con las manos y los colores empezaron a dar vueltas dentro del vaso.

Unos segundos más tarde, Zeke había creado un arco iris que giraba dentro del vaso.

Buscó a Roxy y Harris con la mirada.

Roxy vio el arco iris y sonrió. "¡Guau, es genial!"

Pero los ojos de Harris se abrieron de par en par.

"¿Cómo hiciste eso, Zeke?" preguntó Harris. "¡Es imposible!"

"¿Qué es imposible?" preguntó el señor Mills. Se acercó a la mesa de Zeke y vio el arco iris girando en el vaso.

"La verdad es que no es imposible, Harris", dijo el señor Mills. "Hay un producto químico que se puede añadir a los colores para que ocurra eso".

Harris frunció el ceño. Entonces el señor Mills se volvió hacia Zeke.

"Sin embargo, Zeke, ese producto se guarda en un cajón con una etiqueta que dice NO ABRIR", explicó el señor Mills. "Me admira tu curiosidad y tu inventiva. Pero, por favor, no abras ningún cajón sin permiso, hay cosas peligrosas ahí".

Zeke no podía admitir que no había usado ningún químico, que simplemente había usado sus poderes. Así que se quedó callado. Sus padres habían sido muy claros: no debía revelar sus poderes a nadie en la Tierra.

"No es como en Charbock, en la Tierra no han contactado con nadie de fuera de la Tierra todavía", le dijo su padre cuando viajaban de camino al nuevo planeta. "Allí jamás debes revelar tus poderes a nadie".

El timbre sonó: la clase de ciencias había terminado.

Al salir del laboratorio, Harris miró a Zeke y sacudió la cabeza.

¿Y qué pasa si averigua que soy un alienígena? pensó Zeke. *Podría arruinar toda la misión de mis padres aquí.*

Zeke salió del laboratorio. *Este curso va a hacerse largo,* pensó.

6 MAMÁ Y PAPÁ

AL SALIR DE CLASE, HARRIS
y Roxy caminaron a casa juntos.

"¿Sabes? No creo que hayas sido muy acogedor con Zeke", dijo Roxy. "Solo porque sea diferente a ti no significa que no sea simpático".

"Sigo pensando que es extraño", dijo Harris.

"Bueno, a mí me cae bien", dijo Roxy. "¿Por eso no te gusta? Puedo ser amiga de los dos, ya lo sabes".

"No es eso", dijo Harris. "Lo he visto hacer algunas locuras".

"Y todo eso que llamas 'locuras' tiene una explicación lógica", dijo Roxy. "Creo que sólo andas buscando razones para que no te guste Zeke".

Roxy giró hacia su calle. Harris siguió caminando.

Pensó sobre lo que había dicho Roxy. Luego se encogió de hombros.

Esa noche, durante la cena, los padres de Harris le preguntaron por Zeke.

"¿Cómo le va al chico nuevo?" preguntó su mamá.

"Espero que estés tratando de ser su amigo", añadió su papá.

"No sé", dijo Harris. "Hace todo tipo de cosas extrañas. Incluso mantenía el equilibrio apoyando solo la punta de los dedos, como los alienígenas en esa película, papá".

"Venga, Harris", dijo el padre. "Ya eres mayor para no saber la diferencia entre las películas y la vida real".

"¡No, papá, es real!" insistió Harris. "Te estoy diciendo la verdad".

"¿Recuerdas cuántos problemas tuviste para hacer amigos cuando empezaste en Jefferson, hasta que conociste a Roxy?" preguntó la mamá. "Bueno, espero que seas mucho más amable con los chicos nuevos que tratan de integrarse".

"Pero mamá, yo—"

"Estoy segura de que si te tomas un tiempo para conocer a Zeke, vas a descubrir de que es un chico normal, como tú", dijo la mamá. "Puede que sea diferente, pero esa no es razón para no ser su amigo".

Harris se fue a su cuarto después de la cena y empezó a hacer la tarea. Pero otra vez tenía problemas concentrándose.

Todos me dicen que estoy equivocado, pero yo sé que no. Voy a probar de una vez por todas que Zeke es un alienígena.

OPERACIÓN DESENMASCARAR AL ALIENÍGENA

AL DÍA SIGUIENTE, EN EL almuerzo, Harris puso en marcha su plan. Cuando entró con Roxy en la cafetería, Harris localizó a Zeke con la mirada.

"Oye, Zeke, ¿por qué no te sientas con nosotros a comer?" le gritó.

"Bien, me alegra que finalmente hayas decidido ser amable con él",

dijo Roxy sonriendo.

Se sentaron en la misma mesa. Roxy sacó un sándwich de atún. Harris le dio un mordisco a su sándwich de mermelada y mantequilla de cacahuete. Zeke sacó una tira larga de color púrpura. Se metió un extremo en la boca y lo sorbió todo. Luego sacó otra.

"¿Qué es eso?" preguntó Harry con voz amigable.

"Son tiras de guarnix", dijo Zeke. "Son muy populares en Tradas".

"Hablando de Tradas, ¿dónde está, exactamente?" preguntó Harris.

"Hacia el sur".

"¿En este continente?" preguntó Harris.

"No", dijo Zeke, sorbiendo otra tira de guarnix.

"¿Y de que está cerca?" preguntó Harris.

"De Quarzinta", replicó Zeke.

"Tampoco lo he oído nunca", dijo Harris.

"Hay alguien que no sabe de geografía", dijo Zeke.

Roxy soltó una risita. Harris miró al suelo, avergonzado. Su plan no estaba saliendo bien.

"Entonces, ¿cómo son las cosas en Tragas?" preguntó Roxy.

"Bueno, el agua de los lagos es de color amarillo chillón", dijo Zeke. "Tenemos elevadores que se mueven hacia los lados, no arriba y abajo. Y la nieve es de un azul brillante".

¡Si eso no parece un planeta alienígena, no sé qué más puede ser! pensó Harris.

"Suena de maravilla," dijo Roxy. "Tengo una idea. Deberíamos reunirnos este fin de semana. ¿Qué tal el sábado?"

Harris abrió los ojos como platos.

¿Reunirnos? pensó. *¿Con un alienígena? Es demasiado raro. Pero si digo que no, Roxy va a pensar que estoy siendo antipático.*

"Me encantaría, gracias", dijo Zeke.

"¿Por qué no vamos todos a tu casa, Harris?" preguntó Roxy. "Tienes la televisión más grande y juegos muy entretenidos. Y espera a conocer a sus padres, Zeke. ¡Son tan amables!"

"Mmm…. de acuerdo", dijo Harris. ¿Qué más podía decir?

Harris se sintió atrapado.

Hoy es jueves, pensó. *Tengo solo un día para probar que Zeke es un alienígena antes de tener que reunirme con él: ¡en mi propia casa!*

ESA NOCHE, EN CASA, ZEKE habló con sus padres.

"Me gustan algunas cosas de la escuela en la Tierra", explicó. "El timbre que suena entre las clases tiene el mismo tono que la campana para meditación en Tragas. Me ayuda a proyectar la mente".

"Eso suena bien", dijo Quar.

"No me gusta mucho ir en el bus escolar", dijo Zeke. "Pero la puerta plegable se abre de una manera muy inteligente".

"¿Has conocido a niños terrícolas que sean simpáticos?" preguntó Pax.

"Creo que he hecho una amiga", dijo Zeke. "Se llama Roxy. Ha sido muy agradable conmigo."

"Eso es estupendo, Zeke", dijo Quar.

"Oh, y Harris, el chico que vive justo aquí al lado, nos ha invitado a Roxy y a mí a su casa este fin de semana", dijo Zeke. "Me tiene un poco preocupado. Creo que quizás sospeche que soy lo que llaman un 'alienígena'".

"Ten cuidado, Zeke", dijo Pax. "Recuerda lo que te conté sobre la Tierra".

"Lo sé", dijo Zeke. "Estoy tratando de integrarme".

"A mí me parece que lo estás haciendo muy bien, Zeke", dijo Quar.

"Pero aún extraño a mis amigos de Tragas", dijo Zeke. "Y es la temporada de Lokis allí. Voy a perderme otra temporada, sin poder ver jugar a mi equipo favorito".

"Sé que lo extrañas, Zeke", dijo Quar.

"*Es* el deporte oficial de Tragas", dijo Zeke. "Y nadie en la Tierra ha oído hablar de él".

"Bueno, tengo buenas noticias para ti", dijo Pax. "He estado adaptando nuestro dispositivo de comunicaciones de largo alcance para sintonizar los partidos de Lokis en Tragas. Eso tal vez te ayude a sentir menos nostalgia".

"¡Gracias, Pax!" dijo Zeke. "Entonces, ¿cuánto tiempo pensáis que nos quedaremos en la Tierra?"

"Es difícil decirlo, Zeke", dijo Pax. "Depende de lo que mis jefes quieran aprender sobre los humanos. Ahora mismo nos han asignado un estudio sobre la ropa humana. ¿Por qué los humanos se visten de la forma en que lo hacen?"

"¿Por qué a menudo los chicos y las chicas se visten de forma tan diferente?" preguntó Quar. "¿Por qué los humanos visten ropas diferentes para trabajar, para jugar, para ir a fiestas y otras cosas?"

Apareció un video en la enorme pantalla elevada donde Zeke hacía la tarea.

"Esta fue la investigación de hoy en ese grupo gigante de tiendas", dijo Pax.

"En la Tierra a eso le llaman un 'centro comercial'", dijo Zeke.

El video mostraba a una familia con tres niños. Cada niño llevaba una camisa de un color diferente. Se pasaron las camisas de un lado a otro, frente al espejo.

"Esta no combina con mis ojos", dijo un niño.

"Este color no se ve bien con mi pelo", dijo otro.

Zeke y sus padres se echaron a reír. En Tragas todos usaban el mismo estilo de ropa.

"Los terrícolas pueden ser bastante tontos", dijo Zeke. "Ya veo por qué quieren estudiarlos".

¿UNA PRUEBA, POR FIN?

YA ERA VIERNES Y HARRIS estaba preocupado. Zeke vendría a su casa al día siguiente, a no ser que él pudiera demostrar que Zeke era un alienígena.

A la hora del recreo, varios grados estaban jugando juntos en el patio.

"Tengo el balón de fútbol", dijo Roxy. "¿Listo?"

Roxy le pasó el balón de una patada. Entonces se dio cuenta de que Zeke estaba solo.

"Hey, Zeke, ¿quieres jugar al fútbol con nosotros?" le gritó.

Zeke fue hacia Roxy trotando.

"No sé jugar", dijo.

"Es fácil", dijo Roxy. "Pateas el balón a otro jugador o a la portería. Y no puedes tocarlo con las manos. Prueba".

"Harris, pasa el balón a Zeke", gritó Roxy.

Harris pateó el balón hacia Zeke.

Pero cuando el balón llegó hasta él, pasó por encima de su pie.

Con gran asombro, Harris vio que Zeke se quedaba quieto y levantaba una mano en el aire. Movió la mano. El balón avanzó más despacio, se detuvo y empezó a rodar de nuevo hacia Zeke.

Harris se volteó hacia Roxy de inmediato.

¿Lo había visto? se preguntó. *¡Eso demostraba que Zeke era un alienígena!*

Pero Roxy estaba dándoles la espalda en ese momento. Se había volteado a hablar con su amiga Samantha.

No puedo creer que Roxy no lo viera, pensó Harris. *No voy a ser capaz de probarlo antes de mañana.*

Harris miró al suelo y vio que el balón se acercaba a toda velocidad. Se lo pasó a Zeke.

Y a Zeke se le escapó de nuevo. El balón siguió rodando hasta la esquina más alejada del patio. Esta vez Zeke fue detrás de él.

Cuando Zeke llegó hasta el balón, vio a un niño del jardín de infancia llorando bajo la canasta de baloncesto.

"¿Qué te pasa?" le preguntó Zeke, acercándose.

El chiquito señaló la canasta.

"Se me escapó el globo y ahora está atascado ahí arriba", sollozó el niño.

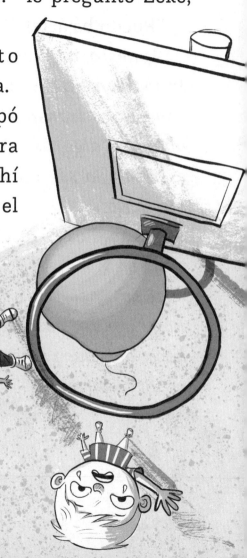

Zeke miró hacia arriba y vio el globo atrapado en el aro.

"Puedo bajártelo", le dijo.

Apuesto a que sí, pensó Harris. *Probablemente vas a volar hasta la canasta, o transportar el balón hacia abajo, o algo así. Vas a hacer algo extraño, ¡lo sé! Y esta vez Roxy tiene que verlo.*

"¡Mira, Roxy!" gritó Harris. Y señaló a Zeke.

¡Eso es! pensó Harris. *Roxy por fin va a ver a Zeke hacer algo que probará que es un alienígena.*

Pero cuando Roxy se volteó, todo lo que vio fue a un chico alto de sexto grado, que estaba en el equipo de baloncesto, dar un salto y agarrar el cordel del globo. Se lo dio al nene.

Roxy miró a Harris con los ojos en blanco y él sacudió la cabeza.

Supongo que, después de todo, un alienígena va a venir a mi casa, suspiró Harris.

10 NUEVOS AMIGOS

CUANDO HARRIS SE despertó el sábado por la mañana, estaba muy nervioso. Zeke iba a ir a su casa.

Roxy y Zeke llegaron sobre el mediodía.

"Hola Roxy, qué lindo verte", dijo la mamá de Harris.

"Gracias por invitarnos, señora Walker", dijo Roxy. "Este es nuestro nuevo amigo, Zeke".

"Bienvenido, Zeke", dijo la señora Walker.

"Harris nos ha hablado un montón de ti", dijo el papá de Harris.

"Gracias, señor Walker, señora Walker", dijo Zeke. "Estoy feliz de estar aquí".

"Entonces", dijo Harris, "¿quién quiere jugar a los videojuegos?"

Roxy levantó la mano. Zeke la miró y levantó la mano también.

Los tres amigos se sentaron frente al televisor y cada uno agarró un mando.

"Este se llama *Explosión cósmica de cometas*", dijo Harris. "La idea es derribar los cometas en el cielo, antes de que choquen contra la Tierra. ¿Listos?... ¡ya!"

Unos cometas gigantes atravesaban el cielo en la gran pantalla.

"¡Dispara tus cañones láser!" gritó Harris.

Harris derribó algunos cometas. Roxy derribó unos cuantos más. Zeke no hacía gran cosa al principio, pero enseguida derribó todos los cometas a los que apuntaba.

"¡Eso estuvo increíble, Zeke!" dijo Roxy.

"Sí", dijo Harris. "¿Estás seguro de que nunca has jugado antes?"

"Estoy seguro, Harris", dijo Zeke. "En Tragas no hay videojuegos".

"¡No hay videojuegos!" dijo Harris. "¿Y qué hacéis para pasarlo bien?"

"Hacemos carreras en bicis de zumda", dijo Zeke. "Jugamos al Lokis, con bates y diez pelotas. Y creamos proyectos-o-historias en nuestras holo-pantallas".

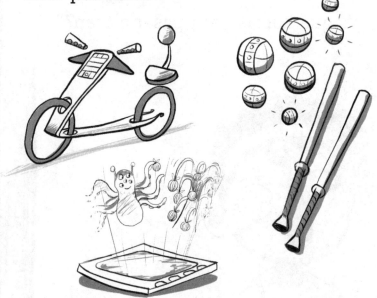

"¿Cómo es que no he oído hablar nunca de ninguna de esas cosas?" preguntó Harris, escéptico.

"Bueno, es que Tragas está muy lejos", explicó Zeke.

"¿Quién quiere pizza?" preguntó la mamá de Harris desde la cocina.

"¿Qué es pizza?" preguntó Zeke.

"Venga ya", dijo Harris. "¿No tienes pizza en Tragas? Pensé que todo el mundo comía pizza". *¡Esta es definitivamente la prueba de que es un alienígena!* pensó Harris.

"Me encantaría probarla", dijo Zeke.

Zeke, Roxy, Harris y sus padres se sentaron en la mesa de la cocina. Cada uno agarró un trozo de pizza.

"Nunca he probado nada con este sabor", dijo Zeke. "Me gusta."

"Zeke, ¿a qué se dedican tus padres?" preguntó el señor Walker.

"Son investigadores", explicó Zeke. "Van de un lugar a otro. Por eso me mudo tanto. Por eso siempre estoy empezando de nuevo en una nueva escuela".

"Debe ser duro", dijo el señor Walker.

"Supongo que me he acostumbrado", dijo Zeke. "Hacer amigos siempre ayuda". Y sonrió a Harris y a Roxy.

"Ya sé lo que quería decirte, Zeke", dijo Roxy. "Voy a hacer una prueba para el teatro de la escuela".

"No me digas que no tienen obras de teatro en Tragas", dijo Harris.

Zeke se rió. "No, sí que tenemos obras en Tragas. De hecho, me gusta actuar. Y he actuado en varias".

"Quizás deberías hacer la prueba, Zeke", dijo Roxy. "Es una manera estupenda de conocer a otros chicos".

"Gracias", dijo Zeke. "Quizás lo haga".

Después del almuerzo, los chicos vieron una película, *La invasión zombi desde las entrañas de la Tierra.*

"Tienen películas en Tragas, ¿verdad?" preguntó Harris.

"Sí", replicó Zeke. *Solo que las nuestras son holo-proyecciones en 4D. ¡Pero tengo que tener cuidado con lo que le digo a Harris!* pensó para sus adentros.

Cuando la película acabó, ya era hora de que Roxy y Zeke se marcharan a casa.

"Gracias", dijo Zeke, cuando se dirigía a la puerta. "Lo he pasado muy bien".

"Nos vemos el lunes", dijo Roxy.

"Pues Zeke parece un chico muy simpático, Harris", dijo la señora Walker cuando Zeke y Roxy se habían marchado. "Todo lo que tienes que hacer es darle una oportunidad".

"Hoy me divertí con Zeke", admitió Harris.

Pero sigo creyendo que es un alienígena, pensó Harris. *¡Y unos de estos días voy a demostrarlo!*

Zeke caminó hasta su casa, justo al lado de la de Harris.

"¿Qué tal la visita, Zeke?" Preguntó Pax.

"Me divertí", dijo Zeke. "Creo que las cosas pueden irnos bien aquí en la Tierra. He empezado con buen pie. ¡Después de todo, ya he hecho dos amigos!"

¡A continuación puedes leer un adelanto del segundo libro de la serie!

MI VECINO

ALIENÍGENA

¿¡LOS ALIENÍGENAS VIENEN A CENAR!?

POR A. I. NEWTON

ILUSTRADO POR ANJAN SARKAR

2

Harris Walker salió corriendo hacia el campo de fútbol de la escuela elemental de Jefferson. Era viernes por la tarde e iban a empezar el entrenamiento.

Roxy Martínez, la mejor amiga de Harris, corrió hacia él. "Fue divertido quedar con Zeke el fin de semana pasado, ¿verdad? Espero que no sigas con esa tontería de que Zeke es un alienígena", dijo Roxy.

Zeke vivía justo al lado de Harris. Solo había estado en la escuela un par de semanas.

Pero Harris creía que Zeke era un alienígena, un alienígena de verdad que, de algún modo, había venido de otro planeta. Harris notaba que Zeke hacía cosas que eran imposibles para un niño humano, como mover cosas con la mente, hacer que los arcoíris aparecieran de repente en el laboratorio e incluso mantener el equilibrio apoyando solo la punta de los dedos.

"Lo pasé bien. Zeke es un chico simpático", respondió Harris. *Pero sigo creyendo que es un alienígena*, pensó.

El entrenador Ruffins hizo sonar su silbato.

"Oídme, chicos, vamos a empezar el entrenamiento", gritó. Harris, Roxy y el resto jugadores se pasaron la siguiente hora practicando cómo pasar el balón, disparar y defender.

Cuando el entrenamiento casi había acabado, Harris vio a Zeke caminando hacia el campo. Un balón de fútbol iba por el aire hacia la cabeza de Zeke.

"¡Cuidado!", gritó Harris.

Observó maravillado que el balón cambiaba de dirección, él solito. Giró alrededor de la cabeza de Zeke y continuó hasta la portería.

Harris se volvió hacia Roxy.

"¿Viste eso?", le preguntó, seguro de que habría visto cómo Zeke había controlado el balón con la mente.

"Sip", dijo Roxy, "¡el balón estuvo a punto de golpear a Zeke en la cabeza! Me alegra que no le hiciese daño".

¡Caray!, pensó Harris. *Desde su ángulo debe haberse visto normal.*

"¿Qué tal, Zeke?", preguntó Harris despreocupadamente, cuando los tres amigos caminaban de vuelta a la escuela.

"Sólo quería agradecerte otra vez el buen rato que pasamos en tu casa, Harris", dijo Zeke. "Y también quería invitaros a mi casa mañana. Podemos pasar un rato juntos y jugar. Y mis padres tienen muchas ganas de conoceros".

"¡Suena genial!", dijo Roxy. Y miró a Harris, esperando que aceptara, también.

Esta es la oportunidad perfecta para investigar sobre la familia alienígena de Zeke, pensó Harris. ¡*Por fin podré averiguar qué hay detrás de esas cortinas oscuras y demostrar que es un alienígena, de una vez por todas!*

"Me encantaría ir, Zeke", dijo Harris, mirando a Roxy como diciendo: *¿Lo ves? Ya no creo que sea un alienígena.*

"¡Estupendo!", dijo Zeke. "¡Mañana nos vemos allí!"

A. I. NEWTON siempre quiso viajar al espacio, visitar otros planetas y conocer a un alienígena. Como eso no funcionó, se decidió por la siguiente mejor opción: ¡escribir historias sobre alienígenas! La serie *El vecino alienígena* le da la oportunidad de imaginar cómo sería tener un amigo alienígena. Y tu puedes hacer lo mismo... ¡a no ser que tengas la suerte de ser vecino de un alienígena en la vida real!

ANJAN SARKAR es licenciado en ilustración por la Manchester Metropolitan University. Ha sido ilustrador y diseñador gráfico antes de hacerse *freelancer*, y ahora trabaja en todo tipo de proyectos de ilustración. Vive en Sheffield, Inglaterra.

anjansarkar.co.uk

¡BUSCA MÁS LIBROS DE LA SERIE!